# AVERTISSEMENT!

Frisson l'écureuil vous prie
de porter des cache-oreilles
avant de lire ce livre.

Pour Maxime, Marc-Olivier, Thomas, Cédric, Victoria, Simon, Guillaume, Camille, Jérôme, Louis, Maude et Janique

Catalogage avant publication de Bibliothèque et Archives Canada

Watt, Mélanie, 1975-
[Scaredy squirrel has a birthday party. Français]
Frisson l'écureuil fête son anniversaire / Mélanie Watt.

Traduction de: Scaredy squirrel has a birthday party.
Niveau d'intérêt selon l'âge: Pour les 4-8 ans.

ISBN 978-1-4431-0685-6

1. Écureuils--Romans, nouvelles, etc. pour la jeunesse.
2. Livres d'images pour enfants. I. Title.

PS8645.A884S28314 2011 jC813'.6 C2010-905877-1



Édition publiée par les Éditions Scholastic, 604, rue King Ouest, Toronto (Ontario) M5V 1E1, avec la permission de Kids Can Press Ltd.

7 6 5 4 3 Imprimé à Hong Kong CP130 13 14 15 16 17

Les illustrations de ce livre ont été créées électroniquement à l'aide de Photoshop.

Pour le texte, on a utilisé la police de caractères Potato Cut.

Conception graphique de Mélanie Watt et de Karen Powers

# Frisson l'écureuil

## fête son anniversaire

Mélanie Watt

Frisson l'écureuil n'invite jamais personne
pour fêter son anniversaire.
Il préfère le célébrer seul en toute discrétion,
plutôt que de risquer d'être surpris
par des fêtards.

CALENDRIER

Quelques-unes
des surprises qui
pourraient gâcher
la fête de Frisson :

les poissons-clowns

les fourmis

le Yéti
les confettis
les poneys
les porcs-épics

Alors, il évite tout imprévu en planifiant une fête dont il est le seul invité sur la liste.

TOP SECRET

LISTE DE CONTRÔLE DE FÊTE
A) Confirmer la date de naissance
B) Choisir un endroit sécuritaire
C) Sélectionner les couleurs pour le décor
D) Envoyer le complet-veston chez le nettoyeur
E) Préparer le gâteau
F) Pratiquer la respiration
(pour gonfler les ballons / souffler les chandelles)
G) Poster la carte d'invitation à moi-même
ARTICLE A
CERTIFICAT DE NAISSANCE
Ce document certifie que FRISSON L'ÉCUREUIL
est né le 3 OCTOBRE
à 13 h 28 min ET 6 SECONDES dans SON ARBRE.
Poids 14,8 g Taille 8,24 cm
Mignon OUI Dents NON Puces NON
Empreinte de patte gauche
Empreinte de patte droite
DOCUMENT OFFICIEL DE RONGEUR
ARTICLE B
ARTICLE C

NOM

# FRISSON L'ÉCUREUIL

N°

(FÊTE POUR 1)

ARTICLE D

221

221

ARTICLE E

- RECETTE DE GÂTEAU AUX NOIX -

2 tasses de farine
1 c. à thé de bicarbonate de soude
1 tasse de cassonade
1 c. à thé de poudre à pâte
½ c. à thé de sel
1 œuf
1 tasse de lait
¼ tasse d'huile de canola
8 tasses de noix (1 tasse pour les non-rongeurs)

LES INSTRUCTIONS DE CUISSON SELON FRISSON :

Préchauffer le four à 348,9 °F et garder l'extincteur à proximité.
*Vérifier la date d'expiration de tous les ingrédients*
Mélanger les ingrédients secs et rajouter les œufs, le lait et l'huile. Mélanger dans le sens des aiguilles d'une montre.
Verser soigneusement dans un contenant graissé. Cuire pendant 49 minutes et 32 secondes exactement.
Enfiler d'épaisses mitaines et retirer du four.
Laisser refroidir et décorer avec goût.

ARTICLE F

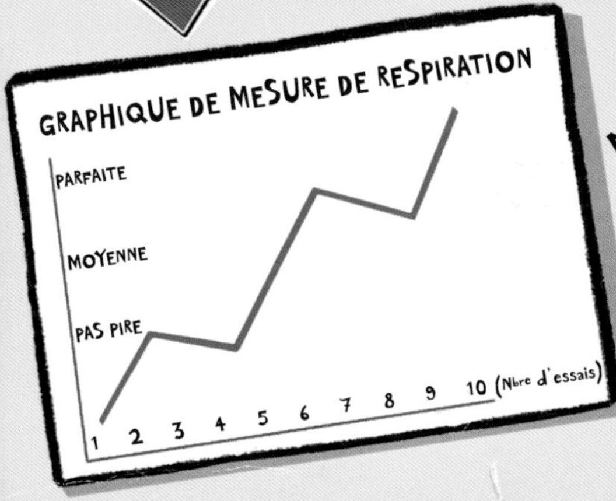

GRAPHIQUE DE MESURE DE RESPIRATION

PARFAITE
MOYENNE
PAS PIRE
1 2 3 4 5 6 7 8 9 10 (Nbre d'essais)

ARTICLE G

Frisson

VOUS ÊTES INVITÉ À L'ANNIVERSAIRE DE FRISSON L'ÉCUREUIL!

QUAND? Aujourd'hui à 13 heures
OÙ? Dans l'arbre situé à gauche de l'inconnu

OUI, JE VIENDRAI
NON, J'AI UN RENDEZ-VOUS CHEZ LE DENTISTE

Frisson l'écureuil se prépare à poster son invitation lorsqu'il aperçoit une carte dans sa boîte aux lettres.

Frisson réfléchit un instant.
Il décide qu'un tel geste mérite une réponse d'une grande gentillesse.

Alors, il modifie son invitation...

Mais un invité, c'est risqué car il faut tout déplacer...

Quelques objets dont Frisson a besoin pour fêter son anniversaire en toute sécurité :

# PLAN DE FÊTE POUR 2

Envoyer l'invitation à toute vitesse!

Copain

La fête était ici.

La fête se déplace là.

Pour éviter une promenade étourdissante, attacher une carotte à la canne à pêche. Vous verrez... les poneys resteront figés et hypnotisés.

D'un coup de pied, Yéti peut tout gâcher! Construire un château de cartes pour qu'il l'écrase plutôt que la tente.

Les confettis, c'est fou comme c'est imprévisible! Pour se protéger, tenter de faire la fête sous un abri.

Des poissons-clowns, ce n'est pas drôle! Pour les décourager, mettez-les face à un invité à l'air bête qui ne sourira jamais.

Les fourmis mangent tout ce qui se trouve sur leur chemin. Créer un sentier de biscuits pour les mener loin de la fête.

Des porcs-épics et des ballons, pas besoin d'en dire plus! Porter des cache-oreilles et des lunettes au cas où ça péterait!

À retenir : Si rien ne fonctionne, faire le mort et annuler la fête!

**IMPORTANT!** Le souci du détail est le secret d'une fête réussie!

# 1er DÉTAIL : CHOISIR UN SUJET DE CONVERSATION

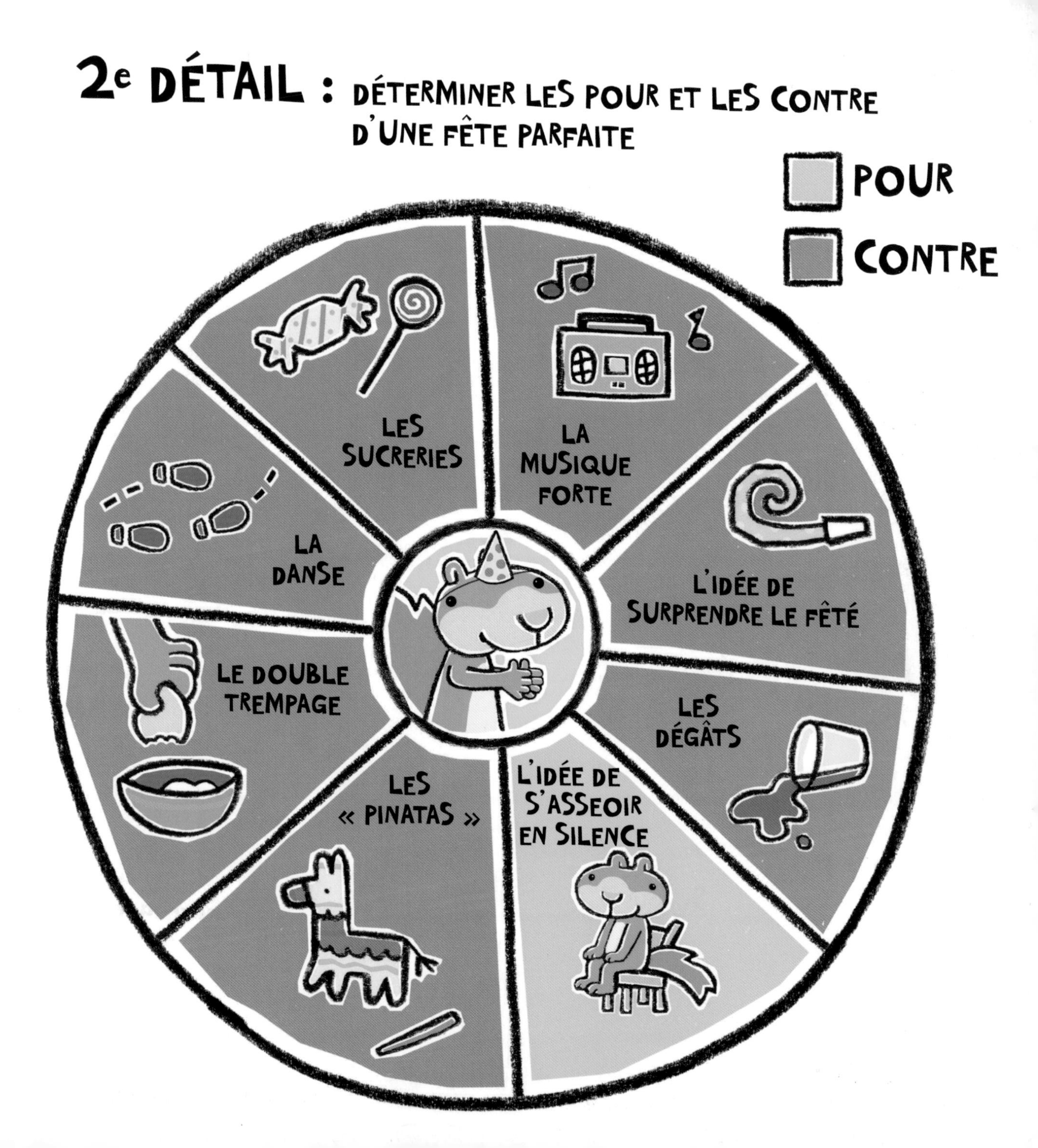
2e DÉTAIL : DÉTERMINER LES POUR ET LES CONTRE D'UNE FÊTE PARFAITE
POUR
CONTRE
LES SUCRERIES
LA MUSIQUE FORTE
L'IDÉE DE SURPRENDRE LE FÊTÉ
LES DÉGÂTS
L'IDÉE DE S'ASSEOIR EN SILENCE
LES « PINATAS »
LE DOUBLE TREMPAGE
LA DANSE

## 3e DÉTAIL : PLANIFIER UN HORAIRE D'ANNIVERSAIRE

| | |
|---|---|
| 13 h 00 | Servir du punch  |
| 13 h 01 | Jeter un coup d'œil sur :  |
| 13 h 03 | Servir la trempette  |
| 13 h 06 | Se brosser les dents  |
| 13 h 09 | Période de conversation  |
| 13 h 19 | Jouer aux dominos en silence  |
| 13 h 24 | Jeter un coup d'œil sur :  |
| 13 h 26 | Localiser l'extincteur  |

| | | |
|---|---|---|
| 13 h 27 | Sortir le gâteau |  |
| 13 h 28 | Souffler la chandelle |  |
| 13 h 29 | Jeter un coup d'œil sur : |  |
| 13 h 31 | Manger le gâteau |  |
| 13 h 35 | Se brosser les dents |  |
| 13 h 38 | Lire le discours de remerciement |  |
| 13 h 40 | Jeter un coup d'œil sur : |  |
| 13 h 42 | S'asseoir en silence |  |
| 14 h 00 | La fête est terminée |  ARRÊT |
| 14 h 01 | Commencer à planifier le prochain anniversaire |  TOP SECRET |

BONNE FÊTE!
CROUSTILLES

Étape par étape, Frisson prépare sa fête. Tout est parfait, jusqu'au dernier petit détail.

Mais à 13 heures...

Surprise...
Plein de fêtards!

Ceci ne
faisait PAS
partie du PLAN!

BONNE FÊTE!
FÊTE SANS BACTÉRIES
CROUSTILLES
Frisson l'écureuil panique!
Il court...
ASSIS!
Il arrête la musique...

Il poursuit...
Il crie...
Copain
Il se penche...
CONFETTIS
Il se fige et...

FAIT LE MORT.
2 secondes plus tard...
2 minutes plus tard...
2 heures plus tard.

Enfin, Frisson finit par
ouvrir les yeux.
Il aperçoit son gâteau
d'anniversaire et le groupe
assis silencieusement
autour de lui.

Copain

Frisson l'écureuil souffle sa bougie. Il oublie les poissons-clowns, les fourmis, le Yéti, les confettis, les poneys et les porcs-épics.

**Célébrer son anniversaire entre amis, c'est du gâteau!**

Ensuite, il a une
autre surprise.

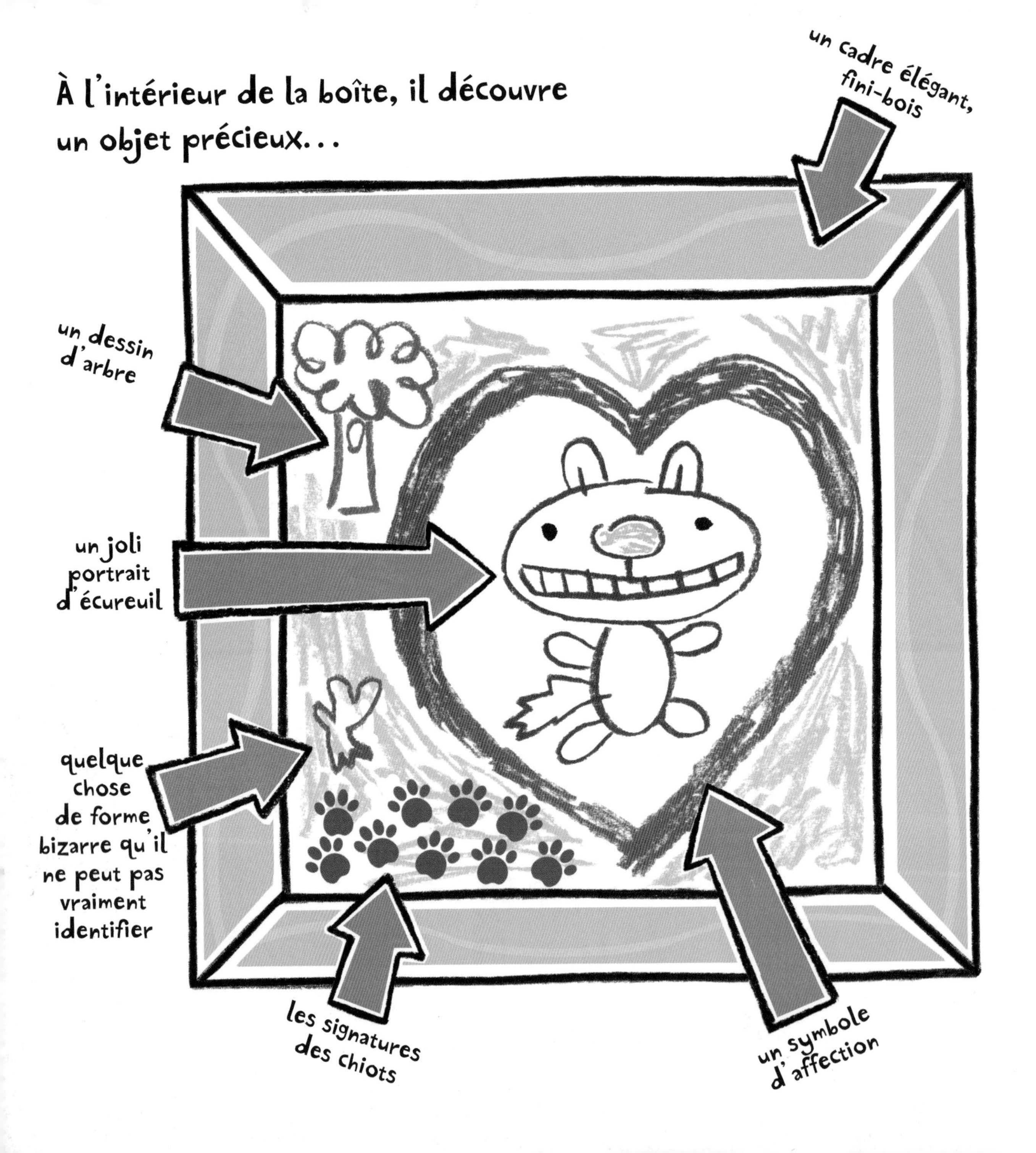
À l'intérieur de la boîte, il découvre un objet précieux...
un cadre élégant, fini-bois
un dessin d'arbre
un joli portrait d'écureuil
quelque chose de forme bizarre qu'il ne peut pas vraiment identifier
les signatures des chiots
un symbole d'affection

Frisson réfléchit un instant.
Il décide qu'un tel geste
mérite une réponse d'une
grande gentillesse.
Alors, il modifie encore
son invitation...

Frisson ET ~~COPAIN~~ et Pacane, Cachou, Arachide, Noisette, Grenoble, Coco, Pistache, Acajou et Amande

VOUS ÊTES INVITÉS À L'ANNIVERSAIRE DE FRISSON L'ÉCUREUIL!

QUAND? ~~Aujourd'hui~~ DANS 1 AN à 13 heures
OÙ? Dans l'arbre situé à gauche de l'inconnu

OUI, JE VIENDRAI

NON, J'AI UN RENDEZ-VOUS CHEZ LE DENTISTE

Nº (FÊTE POUR 11)
LISTE DE CONTRÔLE DE FÊTE
A) Confirmer la date de naissance
B) Louer une plus grande tente
C) Sélectionner les couleurs pour le décor
D) Porter une tenue décontractée
E) Préparer un plus gros gâteau
F) Pratiquer la respiration zen (pour se relaxer)
G) Recouvrir tout d'une pellicule de plastique
H) Acheter des biscuits pour chiens
M) Porter des espadrilles
N) Se procurer des bouchons d'oreilles
O) Faire provision de brosses à dents
P) Trouver un Frisbee
Q) Installer un distributeur de désinfectant pour les pattes
U) Louer une toilette portative
V) Préparer des « Doggybags »
W) Mémoriser le discours de remerciement
N.B. Après la fête, Frisson était à court de mots.
Discours de remerciemen